初恋相手は風俗嬢

白馬《はくば》 薫《かおる》

モンガ

大学生の江崎淳平は彼女を作りたいと思い、誰彼構わず女性にアプローチをかけるもののまったく相手にされずいまだ童貞のままでいた。そんな中、周りの同級生は次々と彼女を作り大人の階段を上っていることを耳にする。焦りを感じた淳平は風俗で童貞を卒業することを決意し、福岡県の中州の店に足を運んだ。そこで出会ったのは、圧倒的な美貌と抜群のプロポーションを誇るレイナだった。これまで経験したことのない女性の優しさと温もりを知ってしまった淳平は、彼女を好きになり店に通い続ける。彼女に会えば会うほど想いはどんどん強くなるばかり。淳平の初恋はどうなってしまうのか。

目次

第1章
交わる

少し肌寒くなってきた秋の夕暮れだった。

江崎淳平は、福岡県の中州の一画にある清流公園にいた。目の前には、博多湾へと続く那珂川《なかがわ》が流れている。水面の揺らめきと夕日の重なりが彼の眼に映った。

視線を外して川沿いの通りに顔を向けると、数多くの屋台が立ち並んでいた。そこでは従業員と思しき人達がせわしなく働いている。現在の時間帯から考慮するに、営業開始の準備を行っているのだろう。中州における商売は日が落ちてから繁盛するのだ。

淳平は公園をあとにして、すぐ近くの建物に入った。エレベーターに乗り、目的のフロアのボタンを押す。動き出してからほどなくして、到着を知らせる高い音が鳴った。ドアが開くと、そこは風俗店のエントランスだった。

彼は足を踏み入れて、靴底を包み込むようなカーペットに立った。

正面にある重厚な石壁には、この店の名前が刻印されており、いかにも高級な雰囲気が漂っている。

エントランスの右端に位置する自動ドアを抜けて店内に入ると、上下紺色のスーツを着た男が受付カウンターにいた。

男の髪の毛はジェルワックスによって七三分けにされている。二〇歳を少し越えたくらいだろうか。かなり若そうに見えた。おそらく新人の店員だろう、と淳平は推測した。

店員は口角を上げて慇懃に会釈をしてきた。「いらっしゃいませ。ご予約のお客様でしょうか?」落ち着いた口調だった。

「はい」、と淳平はうなずいた。「予約した江崎です」

店員は「少々、お待ちください」と言って、目の前にあるパソコンを操作し始めた。まもなくして、ふたたび顔を向けてきた。「レイナさん、六〇分でのご予約ですね」

「はい、そうです」

「かしこまりました。それでは、基本料と指名料を合わせまして、合計二万五千円となります」店員はそう言いながら、黒い長方形のトレーをカウンターに置いた。

淳平は料金の高さにぎょっとした。風俗には足を運んだことがあり、これが初めての利用ではない。それに、この店には何度も来たことがある。しかし、なぜか支払いの時は億劫になるのだ。

とはいえ、そんなことは初めて来た時からわかっていたことだ。ここは風俗。女性が自らの身体を駆使して、客にサービスを提供する場所なのだ。それを考慮すれば、むしろ安いと言えるだろう。

彼はそのように自己解決した後、財布から金額分の札を取り出してトレーに置いた。

店員が手際よく一枚ずつ札を捲り枚数を数える。

「はい、確かに頂戴しました」

料金通りであることを確認すると、A5サイズの薄いプラスチック板を渡してきた。

それには「101」と印字されている。

「準備が出来ましたら、そちらの番号をお呼びいたしますので、お持ちください」。

店員はカウンターの横にある扉を指した。「それでは、こちらの待合室にお入りください」

「わかりました」淳平は小さく頭を下げた後、受付カウンターから離れた。

彼は店員に対して舌を巻いた。同じ年くらいの新人と思っていたのにも関わらず、一流サラリーマンのような働きをしていたからだ。言葉遣いや振る舞いに品があったこと、一連の作業にまったく無駄がなかったことは目を見張る。こういう従業員の勤務姿勢が店の雰囲気作りを手助けしているのかもしれない、と思った。

扉を開けた先は、暗い紫を基調とした部屋だった。天井には大きなシャンデリアが吊されており、それが放つ微量な光は、六つある黒い革張りソファを包み込んでいる。まるで西洋の城の一室のようだ。店の外とは一線を画された非現実的な空間と言えた。

すべての席が空いている。今のところの訪問客は淳平だけのようだ。

彼は扉近くのソファに腰を下ろし、ゆっくりと瞼を閉じた。

第1章 交わる

　淳平は東京にある私立大学の三年生で、理学部の物理学科に所属している。ただし、出身地は福岡県だ。元々、高校まで県内にある学校に通っていたのだが、大学進学を機に地元から出たのだ。

　彼にとってキャンパスライフを始めとした東京での生活は新鮮だった。交通網が発達していて、移動に困らない。また、新しいお店や商品、サービスがいち早く集まる。とくに、娯楽施設が多く遊ぶ場所がたくさんあることに彼は喜びを感じた。

　しかし、どうしても苦手なことが一つあった。人の多さだ。どこに行っても人混みだらけの東京に対して、福岡よりも住みにくさを感じていた。

　そのため、地元に戻りたいと思ったことが度々あった。恋しさも相まっていたのかもしれない。なので、淳平は上京以降、数か月に一度の頻度で地元に帰って来ている。今回、福岡にいるのもその一環だ。

　つかの間の帰省で風俗に来た理由は、この店の嬢であるレイナに会うためだ。これまで、何度も彼女を指名している。そうなったきっかけは、淳平が大学二年に進級し、二〇歳になった時だ。

　当時、周りの同級生が次々と彼女を作っていく一方で、彼は女性との縁に恵まれず童貞のままでいた。といっても、異性に興味がなかったわけではない。むしろ、女性と交際し、セックスがしたいと本気で思っていた。

望みに反していること、周りから遅れをとっていることに、彼は引け目と焦りを感じた。

大学生にもなって恋愛経験がないことが恥ずかしい。彼女がいるという実績がとにかく欲しい。もし付き合うことができれば、ゆくゆくはセックスができる。そうしたら周りの人間から一人前の男として認められる。

淳平はそう思って、大学のクラスメイトやサークルの女子に必死にアプローチをかけた。ただし、相手を好きかどうかは二の次だった。誰でもよかったのだ。

しかし、もちろんそんなことでは良い結果は出なかった。そもそも、彼女を作るどころか女友達を作ることも出来なかった。

女性との会話が続かず盛り上がらない、女性からの返信がない、二人で会ってもらえない。そんなことが多々あった。さらに「ウザい」や「キモい」など、心無い言葉も投げかけられた。

一体、何が悪かったのか、淳平は考えを巡らせた。

男子校出身ということもあり、異性と話すことや接することが不得手だからか。実際、女性を目の前にした時、緊張によって声が上ずってしまい吃ることがあった。

あとは、容姿が原因だろうか。はっきり言って彼は醜い部類に入る。大きく平たい顔に重たい一重という組み合わせだ。背丈は男性にしては低く、百六〇センチを少し越えたくらいだ。それに肌は荒れていて、脂肪だらけの身体だ。とにかく、清潔感の欠片もなかったのだ。そのため、女性が向けてくる目が冷ややかであることを、感じていた。

他にも理由はありそうだが、代表的な欠点を挙げるとすればこんなところだ。

淳平は課題を克服して、なんとしてでも女性と関係を持とうとした。ゆっくりとした口調で喋り、落ち着いた様子を見せるように努めた。運動をして体形をしぼった。スキンケアを行って、身なりを整えた。また、恋愛に関する本を読み漁り、そこに書かれていることを実践した。

だが結局、結果は変わらなかった。

根本的に男としての魅力に欠けていたのだ。だから、何をやっても上手くいかないのだ。淳平は自分を卑下して塞ぎ込んだ。努力の結晶もすべて砕け散り、元通りの姿に戻った。

とはいえ、やはり簡単に女性を諦めることはできなかった。オスとしての本能なのかもしれない。

女性と、仲良く喋りたい、遊びたい、そしてなによりセックスがしたい。しかし、その相手はどこにもいなかった。

絶望の淵に立たされた淳平は、風俗で童貞を捨てることを決めた。それで中州にある店に足を運んだのだ。

その際、店員の勧めで指名した相手がレイナだ。出会った時の彼女は可憐なドレスを身に纏っており、どこかの国のお姫様のように見えた。

それまで関わってきた女性とは異なり、彼女は笑顔で見つめてきて会話をしてくれた。さらに、優しく包み込むセックスをしてくれた。すべてが初めての体験だった。

以降、淳平の頭からレイナが離れなくなった。

朝起きたとき、講義を受けている時、アルバイトをしている時、夜に眠る時。いかなるときも彼女の顔、声、匂い、肌の温もり、体の柔らかさを想い浮かべてしまった。加えて、何度も自慰行為をして、想像の世界で彼女を抱いた。それと同時に胸のあたりが熱を帯びて苦しくなった。

その影響なのか、一時は食事が喉を通らなくなり、大学の成績も右肩下がりになった。

それで彼は気がついた。自分はレイナのことが好きなんだ、と。彼女の優しさと妖艶さに惹かれてしまったからだった。

気持ちがわかって以来、帰省するたびに風俗に出向きレイナを指名した。彼女に会えば会うほど、想いはどんどん強くなっていった。

第1章
変わる

待合室に入ってから数分が経過していた。淳平は瞼を上げて、ちらりと扉の方に目を向けた。依然として呼ばれる気配はない。

レイナの姿を早く見たいという気持ちが先走り、心臓の拍動が段々と速まっていた。なぜだろうか。毎回、待合室での時間が一番緊張する。彼は唾を飲み込み、ソファのひじ掛けを強く握った。

その時だった。扉がノックの音とともに開き、先ほどの店員が顔を覗かせた。

「『101』のお客様、大変お待たせいたしました。準備が整いましたので、こちらへどうぞ」店員は滑らかな口調で言い、待合室から出るように促してきた。

はい、と淳平は頷き、番号札を手にしてソファから腰を上げた。

店員に続いて部屋を出ると、黒いカーテンの前まで誘導された。

そこで店員がくるりと振り返った。「そちらをお預かりします」目線が淳平の手元に落とされていた。

「ああ」彼はハッとして持っていた番号札を差し出した。

次に、店員はカーテン横の壁に貼付された紙を見るように言ってきた。

視線を向けると、「注意事項」という文字と、箇条書きの文章が書かれていた。淳平はそれに目を通した。内容は次のようなものだった。

『一．女性を肉体的に傷つける行為は禁止です。二．女性を精神的に傷つける行為は禁止です。三．盗撮および録音行為は禁――』

そこまで文字を追ったところで、彼はうんざりして紙から視線を外した。目を細めなければ読めないほど小さい文字だったからだ。果たしてこれをちゃんと読む客がいるのか。この作業が行われるたびに疑念を抱いている。

「はい、確認しました」淳平はいつも通り適当に返答した。

正直言って、こんな作業はどうでもいい。このカーテンの向こう側にはレイナがいる。会いたい、早く会いたい。彼はそう思うと、胸が熱くなるのを感じた。

そして、ついにその時がきた。

「かしこまりました。女の子の体は非常にデリケートです。優しく接してあげてください」店員はカーテンを開けた。

淳平はカーテンをくぐり、細長い廊下に出た。すると、間近にレイナがいた。お互いの瞳が合った。

「淳平くん。久しぶり！」レイナは白い歯を覗かせて近づいてきた。

「あっ……。ひっ、久しぶり」淳平は彼女を見て大きく目を見開いた。

レイナは以前に増して魅惑的だった。大きな瞳と艶やかな唇を持ち、透明感のあるバランスが整った顔立ちだ。栗色の髪は滑らかな肩にかかっている。彼女が身に纏っているのは黒のドレスだ。一目で体型がわかってしまうほど身体にフィットしていた。

身長は女性の中では高い方だ。今はヒールを履いているため、彼女の目線は淳平より高い位置にある。ただ、それを抜きにしても百六〇センチ後半はあるに違いなかった。

オスの本能のためか、さらに彼女の身体の細部に視線が吸い寄せられた。胸元は大きく開いており谷間が見えた。腰はくびれて細く引き締まっているが、臀部は大きな曲線を描いていた。

あまりにも刺激的な体つきからどうしても目が離せなかった。彼女から溢れ出る色気に魅了されて、彼の股間の辺りは熱くなった。

「淳平くん、二か月ぶりだね。今回も帰省？」レイナが尋ねてきた。

「う、うん。また会いたくなったから来たんだ」

「そうなんだ。嬉しい！　それじゃあ、行こ！」レイナは彼の手に指をからませて引いた。

二人で目の前に伸びる廊下を歩く。両側にはいくつかの扉があった。それらは大人の遊びを行う部屋に繋がっている。

やがて、左側最奥にある扉の前に着いた。レイナが「どうぞ」といって、ドアノブを回した。

淳平が先に入り、彼女があとに続いた。

室内は黒で統一されていた。二〇畳くらいはあるだろうか。かなり広く感じた。正面にはキングサイズのベッドが置かれている。右側に顔を向けると大きな窓ガラスが目に入った。その奥は浴室となっており、灰色のマットが立てかけられていた。

淳平とレイナは部屋の中央で向き合った。すると、彼女が彼に歩み寄り、優しく抱擁した。

「いつも本当にありがとうね」淳平の耳元で囁いた。

彼は声を漏らした。

彼女の胸が服越しに密着していることを感じる。加えて、髪から漂うローズバニラの香りが鼻を刺激した。理性を麻痺させるような独特の柔らかさと匂いにつられ、そっとレイナの腰に手を回した。

「淳平くん」目尻を下げて見つめてきた。

彼も彼女の名前を呟き見返した。

レイナの茶色く澄んだ瞳に吸い込まれるように淳平は顔を近づけた。そして、唇を重ね合わせた。心臓が大きく波打った。

まもなくして、彼女の息が鼻にかかった。それとともに唇の間に舌が入ってきた。

彼はそれを受け入れた。頭が痺れるような刺激が口内から全身に広がった。

そんなことをしているうちに、淳平のものは膨張していった。

それに気がついたのか、レイナは唇を離して、彼の局部に視線を落とした。

その際、彼女の片頬が緩んだ。「こっちに来て」淳平の腕を引いてベッドに移動し、そこに彼を座らせた。

彼女は彼の両膝の間にしゃがみ込み、丁寧な手付きで靴下、上着、ズボンの順に脱がした。最後に残った下着を下ろした時、勃起した性器が現れた。

レイナは淳平を見上げてにこりと笑った。目には蠱惑的な色が浮かんでいた。

次に、レイナは彼の性器に細い指を伸ばした。

彼女は顔を股間に近づけ、それから、ゆっくりと淳平の敏感な部分を口内に収めた。

そのせいで、快感が全身の細胞へと駆け巡った。淳平は両手をレイナの頭に軽く添えた。

どれだけの時間そうしていただろうか。彼にはわからなかった。これ以上はもう耐えられないと思った時、彼女が不意に口を離した。思わず淳平は深い息を吐いた。

レイナは立ち上がった。そして、彼を見下ろしながら、身に纏っていたドレスと下着を剥ぎ取った。

間接照明のぼんやりとした光の中で、淳平は目を大きく見開き、彼女の裸体を凝視した。しかし、すぐさま彼女に両肩を押されて、ベッドの上で仰向けの状態になった。

彼女は四つん這いになって彼の股間にまたがり、上半身を起こした。両頬にはえくぼが作られている。淳平のものを局部にあてがってから、ゆっくりと腰を落としてきた。その中が十分に濡れていることを、彼はこの時知った。

情事を終えると、レイナは淳平の腕を枕代わりにして横になった。お互い添い寝をするような格好だ。彼の頬に艶やかで柔らかい髪の毛が触れた。

そうして、二人の間に沈黙の時間が訪れた。針時計の時を刻む音だけが耳に入った。

そんな中、淳平は本気でレイナに恋をしていることを改めて感じた。

もっとレイナに近づきたい、触れたい。それだけじゃない。これからもずっと一緒にいたい。彼女の良いところや悪いところ、すべてを知って、すべてを愛したい。彼はそう思った。

ただ、それを阻む壁があった。彼女は風俗嬢だ。あくまで仕事で恋人気分を提供しているだけなのだ。仮に交際を申し込んだとしても、こんな自分を相手にするはずがない。現実的な思考が淳平の脳裏に浮かんだ。

しかし、彼はおぼろげに淡い期待を抱いていた。もしかしたら自分だけは特別な存在なのではないか、と。多少なりとも好意を向けてくれているのではないか、と。かれこれ一年の付き合いで、彼女と顔を合わせて仲良くなり、何度も体を重ねていたからだ。

いずれにせよ、淳平は自分の気持ちを押さえられないでいた。それで彼は想いを伝えることを決心した。

淳平は深呼吸をしてから口を開いた。「レイナ。話があるんだ」

「んっ」彼女はゆっくり顔を向けてきた。「どうしたの？」

「そ、その……。お、俺……」

人生で初めての告白ということもあり、口の中がカラカラに乾き、思うように声が出せなかった。だが、淳平は腹部にありったけの力をこめて、なんとか思いの丈をぶつけた。

「君のことが、好きです……。付き合ってください」声が震えていた。

「えっ？」彼女は眉を上げて目を丸くした。

突然のことに驚いたのか。レイナの体が強張った。それから彼女は視線をそらした。

ふたたび無言の時間が流れた。

淳平は告白をしたにも関わらず、これまで築いてきた距離感を壊したことを少し後悔した。期待していた反応を彼女が示さなかったからだ。戸惑いながらも、もっと喜んでくれると思ったのだ。

彼女は依然として口を閉ざしたままだ。目には困惑の色が滲んでいる。

告白は上手くいったのか、それとも駄目だったのか。今、レイナが何を考えているのか、さっぱりわからなかった。彼は唾を飲み込んで返答を待った。

「淳平くん……」ようやくレイナが顔を戻した。

先ほどの魅惑的な表情とは異なり、暗い雰囲気が漂っている。

「どうして私が風俗嬢をしているのか、わかる？」レイナが訊いてきた。

えっ、と淳平は声を漏らして宙を仰いだ。数秒後、首を横に振った。

彼女がこの仕事をしている理由など皆目見当もつかなかった。それどころか、考えたことすらなかった。ところで告白はどうなったのか。その答えはこの質問と関係があるのだろうか。考えたが、回答は見つからなかった。

彼が狼狽していると、レイナは神妙な面持ちで口を開いた。「もう長い付き合いだから教えるね」心なしか声が低くなっていた。

淳平は状況を把握できていなかったが、とりあえず彼女に目をやった。

レイナは軽く息を吐いてから続けた。「普段の私は、福岡市にある大学に通っている学生。幼い頃、両親を事故で亡くして以来、祖父母に育てられてきたの。決して裕福な家庭ではなかった。だけど、教育は十分に受けさせてもらったと思う。いや、強制されたと言った方がいいかな。毎日毎日、お爺ちゃんから口酸っぱく言われていたの。勉強しろってね。もともと、大学の教授をやっていて、受け持った学生をかなり厳しく指導していたらしいの。だから、その矛先が私にも向いたんだと思う。それでも、今となっては良かったなって思う。行きたかった大学にも合格できたからね。それで、大学生になってからは、祖父母の手を煩わせないために実家を出て、一人暮らしを始めたの。当然、お金は全部自分で工面するつもりだったから、結構な数のアルバイトをした」でも、と彼女が続けた時、表情が暗くなった。「普通のアルバイトの収入では、生活費や授業料を賄うことはできなかった。あまりのお金のなさから、一日の食事がおにぎり一個だけという日もあった。ついには、家の電気、ガス、水道、すべて止められたこともある。それで、大金を手に入れる仕事はないか、色んな求人情報を探したの。その時、目に留まったのが風俗嬢。今、私は生きるために必死に体を張っているの」

彼女の話を聞き終えると、淳平は眉間にしわを寄せた。「そうだったのか……」

風俗業界の人が様々なバックグラウンドを抱えていることは何となく想像していた。だが、レイナの壮絶な人生を耳にすると、その迫力に気圧された。

「淳平くんは、私のために何度もお店に来てくれるし、特別な人だと思っているよ。でも、ごめんね。この仕事をしているうちは誰とも付き合う気はないの」

そう言った彼女の目には涙が滲んでいるように見えた。辛い記憶を辿ったからかもしれない。

彼は口を開いたままでいた。それから深く息を吐いてから声を出した。「そ、そうだよな……。変なこと言ってごめん……」

力なくいうと、悲しみの感情がこみ上げてきた。それと同時に、胸が張り裂けそうになった。

そんな彼の気持ちなどつゆ知らず、レイナはさらに言葉をかけてきた。「淳平くんは真面目で優しい人だから、きっと私以外の素敵な女の子と付き合えるよ」そう言って優しく抱擁してきた。

彼は、グッと奥歯を噛んだ。違う、他の人ではない。レイナじゃないとダメなんだ。そのように思ったが、口には出せなかった。

まだ全身は熱いままなのに、淳平の胸元はどんどん冷たくなっていた。

第2章
出会う

レイナに告白した翌日の昼過ぎ、淳平は博多駅近くのビジネスホテルの一室で目を覚ました。

ベッドの上でうつ伏せになっている状態だ。左頬が湿っていて、枕から眉をしかめるような匂いがした。寝ているときに口からよだれが垂れてしまったようだ。

彼はうめき声を上げた。

枕元にあるスマートフォンを手に取り、現在の時刻を確認しようとする。しかし、目がひどく乾燥しているせいで、うまく瞼を上げられなかった。それに、頭がズキズキと痛んだ。昨夜、レイナに告白を断られた悲しみからヤケ酒をして、涙を流したからだ。枕に顔を埋めたまま動くことができない。

二日酔いになるほど飲んだことを後悔した。しかし、その一方で自分を慰める機会を作れて良かったとも思った。

淳平は帰省した際、いつもは実家に泊まる。ただ、今回に限っては、リフォームをしていることからホテルに宿泊したのだ。おかげで、失恋から酒に逃げて、人目をはばからず号泣することができた。

やがて、何とかしてスマートフォンのロックを解除した。無意識のうちに風俗店のホームページからレイナの写メ日記にアクセスしていた。

写メ日記とは、風俗嬢が客に宛てたお礼の日記だ。本人の写真などが添付されていることから、そう呼ばれている。

見ると、これまでに彼女が投稿した日記がずらりと並んでいた。その中には、黒のドレスを身に纏ったレイナをサムネイルにしたものがあった。件名が『Jくんへ』となっていて、投稿日も昨日であることから、淳平は自分に宛てた日記だと断定した。

どんな内容か気になり、画面をタップした。

そこには、レイナの明るい性格を具現化したような文章が綴られていた。次のような内容だった。


『○月○日、お会いできたJくんありがとうございました！　優しくしてもらえてレイナはとても癒やされました！　久しぶりにまた会えてよかった～　いつも本当にありがとう！　これからもよろしくね！』


まるで昨日の出来事など無かったかのような様子だ。しかし、それは当然のことかもしれない。彼女は風俗嬢でお金を貰って仕事をする身だからだ。この日記も仕事の一環であるため、客を貶めるようなことを書くはずがない。

「レイナ……」淳平はスマホを強く握りしめて、おもむろに失恋相手の名前を口にした。

見切りをつけるために酒を浴びるように飲んだとはいえ、初恋の人を忘れることなど簡単にはできない。レイナの匂いや体型、仕草、声など、はっきりと脳裏に焼き付いている。それらの一つひとつを思い起こすだけで、どうしてこんなにも胸が締め付けられるのだろうか。やはり、まだ彼女のことが好きなのだ。

淳平は重い体を回転させて、真っ白な天井に顔を向けた。それから目をつむって、今後、彼女に会うか否かについて悩んだ。

告白を断られた後、レイナは普段と同じ笑顔を取り戻し、「また会いたい」といって見送ってくれた。あくまで、客と嬢のいい関係で付き合っていきたい、という思いがあったのかもしれない。

だが、言いようのない感情が再会することへの決断を遅れさせている。いつもなら、すぐにでも会いたいと思うのに、なぜだろうか。こんなにも自分を逡巡させる理由は何か。

彼は目頭をつまんで唸った。

付き合うことはできないとわかっているのに、懲りずに店へ行くような自分が哀れで醜いからか。レイナが仕事で自分と接してくれているだけ、という現実を突きつけられることが疎ましいからか。

そこまで考えを巡らせたところで、淳平は咄嗟に声を漏らし頭に手をやった。ふたたび痛みが襲ってきたからだ。

他にもいろいろと理由を挙げられそうだったが、彼は思案することを止めた。ゆっくりと長い時間をかけて考えてから、会うか会わないかを決めることにした。ただ、一つだけはっきりしていることがあった。それはレイナのことがまだ好きということだった。

その後、瞼を上げて、白い天井を見つめた。

しばらくの間、変わらない光景を眺めている時だった。淳平は声を上げた。これから予定があることを思いだしたのだ。

彼はゆっくりと体を起こした。枕元に顔を向けると、無造作に置かれたペットボトルが視界に入った。その中には水が半分近く残っている。おそらく、昨日の夜、酔い覚めのために飲んでいたものだ。彼はすぐにそれを手に取って口元に運び、勢いよく喉に流し込んだ。

はぁ、と淳平は息を吐いた。「うま」

乾いた喉が潤っていく感覚が心地よくて、ようやく目が覚めた気がした。

空になったペットボトルをベッド横のごみ箱に捨てた後、深く息を吸って背伸びをした。上半身の筋肉が引き伸ばされると同時に、背中や肘の辺りでボキボキと音が鳴った。両手が限界の高さに達したところで、腕を下ろした。

スマートフォンの電源ボタンを押して画面を見ると、時刻は十四時を少し過ぎた頃だった。予定までは、四時間ほどあり余裕がある。しかし、彼はベッドから下りて早めの準備に取り掛かった。

淳平はホテルを出た後、櫛田《くしだ》神社前駅方面に向かって、博多駅前通りを歩いた。

福岡県の中心地ということもあり、相変わらず人通りが多い。若者の集団がいれば老人がいる。子どもを間に挟んで手を繋ぐ夫婦やデート中と思しきカップルなど、いろいろな人とすれ違って行く。

そんな光景を見ながら歩いていると、時折、風が吹いた。冷んやりとした空気が優しく体を吹き抜けていき、とても心地よかった。二日酔いの気だるさと、失恋の胸の痛みを飛ばしてくれるような気がして、心なしか体調が回復したような感覚に包まれた。

十分ほど歩みを進めて交差点にさしかかった時、淳平は左折して、今度はこくてつ通りを進んだ。ほどなくして、大型の商業施設が見えてきた。彼は、その近くにある料理店の前で足を止めた。

黒の瓦屋根に白を基調とした外壁だ。木材を使用した格子扉には暖簾が掛かっており、それにはこの店の名前が筆書きされている。一目で和食料理店と思わせるような外観だった。

今日はここで友人と一緒に夕食を食べる予定になっている。

今は何時だろう、と思い、手に持っていたスマートフォンに視線を落とした。十七時四十五分と表示された。約束の時間まで、まだ十五分ある。

少し早く着いてしまったので、店前をうろうろした。

その時、手元から通知音が聞こえてきた。もう一度スマートフォンに目を向けると、メーセッジが届いていた。差し出し人は、これから会う友人だった。

内容は、予定していた集合時刻より早く着いたのでもう店に入っている、とのことだった。

「相変わらず行動が早いな」淳平は画面を見ながら呟いた。

彼はスマートフォンをポケットにしまい、足早に店へ向かった。

暖簾をくぐって格子扉を横に引き、店内に入った。エントランスは和の雰囲気を感じさせる小石床だった。上がり框があり、その右奥にはシューズロッカーが置いてある。どうやらここは靴を脱ぐ飲食店のようだ。

エントランスを見渡して待っていると、奥から若い女性の店員が現れた。白い七分袖のシャツに紺のエプロンという組み合わせだ。頭には黒いバンダナが巻かれていた。淳平とも年齢が近そうだ。おそらくアルバイトをしている学生だろう。

「いらっしゃいませ！　ご予約のお客様でしょうか？」店員が快活な口調で訊いてきた。

はい、と淳平は言った。「小野です。二名で予約したのですが、一人は先に入っています」事前に手配してくれた友人の名前を告げた。

「かしこまりました、小野様ですね。こちらで靴を脱ぎ、あちらのロッカーに入れてください」

「わかりました」彼は指示通りに動いた。

準備が終わると、店員が手招きしてきた。「それではこちらにどうぞ」

淳平は先導してくれた店員を追った。

店内はテーブル席と個室席に分かれていて、思いのほか開放感があった。テーブル席の方に顔を向けると、すでに大勢のお客さんが座って食事を楽しんでいた。そこから談笑と食器同士の当たる音が聞こえてきた。

やがて、店員はふすま扉の前で立ち止まった。友人は個室席を予約したようだ。

店員がノックをすると、部屋の中から「はい」という声が返ってきた。

「失礼します」店員が扉を横に引き、中を覗いた。「小野様、お連れのお客様が到着しました」

わかりました、という返事がされると、店員は淳平に向き直り入室を促してきた。

彼は小さく頭を下げてから店員の脇を通り、個室に足を踏み入れた。

そこは四畳ほどの座敷となっていて、中央には堀座卓が置かれていた。その奥側の席に小野圭吾が座っていた。彼は、中学と高校の六年間、淳平とクラスが一緒だった友人だ。

「やあ、淳平」圭吾はにんまりと笑った。「二か月ぶりだな」

「よう」淳平は軽く手を挙げた。

淳平も圭吾に倣って挨拶をすると、彼の正面の席に腰を下ろした。

店員は二人が揃ったところを見て、店のお勧めの料理、注文の仕方などを教えてくれた。一通りの説明を終えると、彼女はふすま扉を閉めて立ち去った。

淳平は改めて圭吾に顔を向け、久しぶりに会った友人を眺めた。

目鼻立ちがくっきりとした顔立ちだ。男性にしてはかなり綺麗な肌をしていて、シミが一つも見られない。髪の毛は、頭の中央部分で分けられている。いわゆるセンターパートの髪型だ。

彼が身に纏っているのは無地の白いワイシャツだ。袖を肘の近くまで捲くっていて、左手首にはシルバーの針時計が巻かれていた。それは、いかにも高価そうな光沢を放っていた。総じて、清潔感に溢れる爽やかな外見だった。

圭吾、と淳平が呼びかけた。「店を予約してくれてありがとう」

「いやいや」圭吾はすぐに手をふった。「いつものことだし、お礼なんていらないさ」

淳平が福岡に帰省するたびに、こうして一緒に食事をする機会を設けているが、店を選んでくれるのは必ず圭吾だ。彼はいろいろと調べて予定を立てることが好きな性分なのだ。そのため淳平は、彼と会う日時や場所の決定など、すべてを任せっきりにしている。

「とりあえず、注文しようか」圭吾はテーブルの端に立て掛けられたタブレットの画面に触れた。

すぐさま写真付きのメニューが表示された。いずれの料理も食欲をそそらせる見た目をしていた。スライドさせて何を頼むか吟味していく。いろいろと迷った末、結構な品数を注文した。画面に「注文完了」と表示された。

「さてと」圭吾が前のめりになり顔を近づけてきた。「お互い、積もる話があるだろうし、語り合おうじゃないか」

そうだな、と淳平はうなずいた。

「大学はどう？　物理学科ではどんなことをしているの？」圭吾が訊いてきた。

「今はレーザーを使った実験をやっているよ。とにかく、レポートを作るような毎日だね」淳平は少しげんなりとした顔を作った。

「へぇ」圭吾は口をすぼめた。「それは、大変そうだね」

淳平はかぶりをふった。「うちの大学はたかが知れているよ。きっと名門大学の方がもっと大変だと思う。カリキュラムも講義の内容もね」

「そうなんだ。ところで進路はどうするの？　大学院に行くの？」

「とりあえず、修士まではね。本気で研究を続けたいと思ったら博士まで行くつもりだよ」

「なるほど。まぁ、淳平は大学に入ってから物理学に興味が湧いてきたって言っていたし、とことん極めた方がいいと思うな」

「そうか？」

「うん。淳平は好きなものや興味があるものには執着する人間だから、研究は向いていると思うんだよね」

圭吾の言葉に淳平はドキリとした。レイナに本気で恋していることを見透かされたような気がしたのだ。だが、それは絶対にないと断言できる。恋愛について、今まで誰にも言ったことがないからだ。

「まぁ。やれるだけやるさ」

淳平はそういった後、あらかじめ置かれていた袋包に手を伸ばした。それからおしぼりを抜き取って手を拭きながら、質問を投げかけた。

「圭吾の方は、大学で何をやっているんだ？」

「臨床医学の講義を受けているよ」おしぼりを手に取った。「一年や二年の時と違って専門的な内容だから、ようやく医学部に入った実感が湧いてきたところかな」

圭吾は福岡県にある国立大学の医学部に通っている。現役で入学したので、今は三年生だ。両親がともに医者で、実家は病院を営んでいる。まさに医者のサラブレッドだ。彼は、医者になりたい、といつも口に出していた。

「医者になるという夢に着実に進んでいるんだな。実家を継ぐつもりなのか？」

うん、と圭吾は首を縦に振った。「その予定だよ。僕は一人っ子で、他に後を継げる人間がいないからね」

「そっか……。いいなぁ。人生、安泰じゃないか」

「そんなことないさ。これからも頑張り続けないと」

しかし、謙遜の言葉とは裏腹に、圭吾の顔には自信の色が浮かんでいた。

そんな彼を見て、淳平は唇を噛んだ。将来を嘱望されている圭吾に嫉妬したからだ。ただし、それは今に始まったことではない。中学で圭吾と出会った時からだ。

八年前、淳平と圭吾が入学したのは、学年のほとんどが難関国立大学や医学部に進学する学校だった。卒業生の中には、著名な医者、政治家、研究者などがいる。そのため、彼らの学校の名を知らない人はいない、といっても過言ではなかった。入学式では、学校長も「我が校の名に恥じぬよう、勉学に勤しみなさい」と祝辞を述べていた。

入学初日、式が終わると淳平は教室に向かった。自席に着こうとした時、一つ後ろの席に圭吾がいた。それが初めての出会いだった。

圭吾の第一印象は、絵に描いたようなイケメンだった。だから当時、淳平は彼に対して疑問を抱いた。なぜ男子校に入ってしまったのか、と。共学に進んでいれば、女子生徒と交流ができて、もっと青春を謳歌できるのではないかと思ったのだ。結局、この日は圭吾と軽い挨拶を交わした程度で、淳平は学校をあとにした。

翌日の朝、淳平が自宅の最寄り駅のプラットホームで列に並んでいる時、突然後ろから肩を叩かれた。振り返ると、圭吾の顔があった。なんと通学路が同じだったのだ。それがきっかけとなり、以降、毎日一緒に登下校するようになった。また、学校でもつねに行動を共にした。そうやって時間を共有しているうちに、圭吾の人物像が段々と明らかになっていった。

彼はどんな人間に対しても優しくて紳士的だった。教科書を忘れた隣席の生徒に自分の教科書を見せたり、休んだ生徒に授業ノートを見せたりしていた。

また、クラスメイトをまとめるカリスマ性があった。学級委員を務め、体育祭や文化祭などの学校行事があるたびにクラス全体を統括していた。

さらに、運動と勉強も抜群だった。とくに勉強においては群を抜いていた。優秀な生徒が集まる進学校の中でも、つねに学年一位の成績を修めていた。彼が現役で医学部に入るのも当然のことだろう。

容姿端麗、品行方正、運動神経抜群、頭脳明晰な圭吾に対して、生徒だけでなく教員も一目置いていた。まさに彼は、学園ドラマに出てくるような主人公だったのだ。

一方、淳平は圭吾と対照的だった。

他の生徒と会話ができないというわけではないが、控えめで人前に出ることを苦手としていた。

それに学業成績は悪かった。入学当初、淳平も当然のようにエリート街道を歩む意気込みでいたのだが、思わぬことが起こったのだ。周りの学力の高さに圧倒され、一気に落ちぶれてしまったのだ。正確な成績順位は覚えていないが、下から数えた方が早いのは確かである。

このままではマズい、と彼は思って受験生の時はさすがに勉強をした。

そうして、今の大学に入学したのだ。しかし、偏差値の観点から見て、お世辞にもいい大学とはいえなかった。実際、教師や圭吾を除いた同級生からも「なんでそんなところに行くの？」と言われたほどだ。

周囲の言葉と同様、淳平も不本意な進路決定になったと感じていた。それでも、その道を選んだ。高みを目指して勉強したとしても上位の大学に合格できる可能性は低く、なにより分相応だと思ったからだ。とはいえ、依然として学歴コンプレックスを抱いていることは否定できない。

　このようなことから、圭吾とは住む世界が明らかに違うと。淳平は何度も思った。それでも、圭吾は昔から変わらず分け隔てなく接してくれている。

　偶然、駅での出来事があったためかもしれない。しかし、それがなくても圭吾のキャラクターを考えれば、仲良くしてくれていたに違いない。今となっては、彼はかけがえのない友人だ。

　だが、淳平は心のどこかで圭吾に嫉妬している。しかも、かなり長い時間スケールでだ。おそらく、どんなに努力しても手に入らない容姿、頭脳、性格を圭吾が持ち合わせていて、つねに見せつけられているからだろう。

　気がつけば淳平は、目の前で眩いオーラを放つ圭吾を凝視していた。

「ん、どうした？」淳平の視線に気づいた圭吾が眉を上げた。「何か僕の顔に付いてる？」

「あっ、いや」淳平は咄嗟に微笑んだ。「何でもない。ちょっと考え事をしていただけだ」

　ふうん、と圭吾は息を吐いた。「今の淳平、凄い顔だったぞ。何というか、嫉妬に狂う女子みたいな」笑いながらいった。

「何で女子なんだよ。俺は男だぞ」

淳平の指摘に圭吾は笑みをこぼした。「確かにそうだな」

くだらないやり取りをして、個室は朗らかな雰囲気に包まれた。

せっかくの楽しい機会に親友を妬むなんておかしい。淳平は自分の醜さを恥じた。むしろ、圭吾のような人間と友達になれたことに感謝しなければいけない。彼が親身になって勉強を教えてくれたこともあって、東京の大学に合格することが出来たのだ。そして、興味を抱く学問にも出合えたのだ。これからも彼との関係を続けられたらいい、と淳平は内心で願った。

その後、二人で談笑を続けている時、個室の扉がノックされた。先ほど案内をしてくれた女性店員が飲み物を持ってきてくれたのだ。淳平は烏龍茶が入ったグラスを、圭吾はビールが入ったジョッキを受け取った。

「料理はあと少しで準備できますので、もうしばらくお待ち下さい！　それではごゆっくりどうぞ」相変わらず快活な物言いで、店員は立ち去った。

「それじゃあ、乾杯しようか」圭吾はジョッキを持ち上げて、淳平の方に近づけてきた。

淳平も彼に倣いグラスを持ち上げた。

二人で「乾杯」と声を揃えて、手にしていたものを軽く接触させた。同時にカンッという音が響いた。

お互い冷えた液体を喉に流し込んでいく。

美味しい、と圭吾はいい目を細めた。ジョッキを置くと、淳平に視線を向けた。

「今さらだけど、お酒じゃなくてよかったのか?」彼は首を傾げた。

淳平は「えっ」と声を漏らした。「ああ……。今日はあんまり飲む気がしなくてな。もともとそんなに強い方でもないし」

「そうか。確かに、飲んだらすぐ顔が赤くなるよね」

「そっ、そうなんだよ。まぁ、俺に気を使わず今日は飲めよ」淳平は、あたふたしながら言った。

昨日失恋をして飲み過ぎたから酒を控えた、というのが本当の理由だ。いくら親友とはいえ、風俗嬢に恋をして振られたなんて話、恥ずかしくて口に出すことはできなかった。

再び例の店員が現れた。運ばれてきたのは、シーザーサラダ、だし巻きたまご、刺し身の盛り合わせ、胡麻鯖だった。

早速、二人はそれらに箸をつけた。

シーザーサラダは、ガラスの皿に深緑のキャベツ、ベーコン、クルトン、粉チーズ、半熟玉子が彩りよく盛りつけられていた。マヨネーズ風味のドレッシングでいただく繊細な味わいだった。

だし巻きたまごからは、出来たてと彷彿させる湯気がゆらゆらと出ていた。思っていたよりも熱く、口をホクホクさせてしまった。

淳平はあまりにも美味な料理を噛みしめながら、宙を仰いで呟いた。「いやぁ、最高だな」

「淳平、この店のお勧めをまだ食べてないぞ」

圭吾はそういって、テーブルの隅に置かれた丸い皿を二枚取り、そこに刺身醤油を注いだ。そして、片方を淳平の前に進めた。

刺し身の盛り合わせは、メニュー表の中でも大々的に推されていた一品だった。五種類の切り身が木製の器に載っていた。

まず淳平が口に運んだのはサーモンだ。口内で引き締まった身が細かくなるにつれて、脂がにじみ出てきた。食べるというより、溶けて無くなっていくようだった。彼は無意識のうちに目をつむっていた。

「そんなに美味しいのか?」圭吾が訊いてきた。口調にいぶかしさが含まれていた。

「めちゃくちゃ美味い」淳平は瞼を上げ、圭吾に視線を合わせた。「やっぱり福岡は海鮮が最高だよ」

彼の言葉を聞いた圭吾は、迷わず鯛に箸をつけた。「うん、確かに。淡泊な味だ」

「おいおい。白身から食べるのは、マナーに則っているのか？」

「そうだよ。実際、白身から赤身の順番で食べた方が美味しいんだよ」

細かい食事のマナーを守るのも圭吾らしい。彼のしっかりした性格の所以なのだろう。

絶品な料理の中でも、淳平の舌の記憶に最も残ったのは、福岡の名物である胡麻鯖だった。新鮮な鯖、甘口醤油、胡麻、ネギ、刻み海苔、山葵という組み合わせに、舌が刺激された。ようやく地元に帰ってきたような気がした。

その後も、飲み物と料理を食べながら二人で思い出話を語り合った。修学旅行で巡った京都や奈良、球技大会などだ。どれも懐かしさを感じた。

今までも、今も、そしてこれからも、圭吾はずっと付き合っていく親友だ。何気ない一時を過ごせることに淳平の胸は熱を帯びた。

そうして、しばらくの時間が流れた時、圭吾が何かを思い出したように「あっ」と声を上げた。

「どうした？」淳平はきょとんとした。

「そういえば、今日言おうと思っていたことがあるんだ……」瞬きの回数が増えていく。

「そうか。それは何だ？」もう一度訊いた後、グラスを口につけた。

「実は……」と圭吾はいい頭を掻いた。そして少し間を置いてから口を開いた。「彼女がいるんだ」

突然の報告に、淳平はむせた。すかさず、お手拭きで口元を拭った。聞き間違いかと思い、呼吸を整えてから訊き直した。

「かっ、彼女？　彼女がいるのか？」淳平は大きく目を開いた。

圭吾はゆっくり首を縦に振った。「うん。彼女がいる」

「そうか……。いつからなんだ？」

「去年の夏から。今のところ一年くらい付き合っている」

へぇ、と淳平は呟いた。「知らなかった……」

「ごめん」圭吾は申し訳なさそうな顔をした。「親友の君には、もっと早く伝えるべきだったけど、恥ずかしくて今まで言えなかったんだ」

「まっ、まぁ……。いくら親友と言っても、プライベートなことをすべて打ち明けなきゃいけないわけでもないし。それに遅くはなっても、今こうして伝えてくれたんだから、そんなに気にする必要ないよ」淳平は圭吾の肩を叩いた。

すると、圭吾の表情に明るさが戻った。「ありがとう。そう言ってもらえると助かるよ。やっぱり淳平は優しいな」

「別に彼女がいたのを黙っていたからって怒ったりしないよ。それに喜ばしいことじゃないか。圭吾にとって初めての彼女だろ？」

「うん、そうだね。僕の人生で初めてだ」

「じゃあ、お祝いだ。もう一度乾杯しよう。ほらジョッキを持って」

「ああ、わかった」

再度、二人だけの個室内に音が響いた。

何とか場を和ませたが淳平は素直に喜べないでいた。

まさか圭吾に彼女がいたとは思わなかったのだ。確かに彼は紳士的なイケメンで、医学部に通うほどの秀才だから恋人ができてもおかしくない。しかし、男子校出身同士、女子に関わる機会が少なかったため、お互い彼女を作るのは当分先だと高をくくっていたのだ。

それに、昨日レイナに振られて傷心したばかりなのに、圭吾には以前から恋人がいたというきなりの報せだ。自分は報われない一方で、親友はどんどん先を進んでいる。そんな事実を目の当たりにして、焦り、妬みが胸の中で混ざり合った。

淳平は意図せず拳を強く握りしめていた。

そんな彼をよそに、圭吾はビールを気持ち良さそうに飲んでいた。空になったジョッキを置くと、淳平に顔を戻した。

「あと、もう一つ言うことがあった。彼女に今日ここへ来るように言ってあるんだ。

「そろそろ着くと思う」

「えっ、今からここに？」声が大きくなった。

圭吾はうなずいた。「普段、淳平は東京にいて、なかなか福岡には帰って来られないだろ。せっかくの機会だから紹介しようと思ったんだ」

「いや、だとしても急すぎだろ……。なんか緊張するわ」

「大丈夫、大丈夫。彼女はすごくフレンドリーだから、きっとすぐ仲良くなれるよ」

淳平は腕を組んで唸った。その後、「わかった」と消え入りそうな声でいった。

目まぐるしく事が進んでいくことに戸惑っていた。圭吾に彼女がいたというだけで、心が乱れているというのに、これから彼の恋人と対面するからだ。拍動がどんどん速まっているのを感じた。

とはいえ、会ってみたいという気持ちは少しある。そもそも、圭吾の好きなタイプの女性について、これまで聞いたことがなかったのだ。淳平は彼の彼女を思い描いてみた。

髪型はショートか、それともロングか。その色はどうだろう。清楚を印象付けるような黒色か、もしくは派手なイメージの茶色か。

スリムな綺麗系の人か。いや、ポッチャリなかわいい系の人か。

想像は止まることなく、さらに拍車が掛かっていく。

しっかりした圭吾の彼女だから、やはりリードされたい受け身な性格の人か。だが、そうとも限らない。意外にも彼を引っ張っていく姉御気質な人かもしれない。

一体どんな人なのか、淳平が思考を巡らせている時、圭吾の方から電子音が発せられた。

圭吾はポケットからスマートフォンを取り出して画面に視線を落とした。彼女からの連絡だろうか。

「彼女なんだけど、今ここに着いたって」圭吾が顔を向けてきた。

「おお……。そうか……」

もうすぐ圭吾の彼女がここに来る。淳平の緊張はより一層増していった。

数分後、個室の扉がノックされ、例の女性店員が現れた。

「小野様、お連れのお客様がお見えになりました」

「どうもありがとうございます」圭吾は会釈した。

後方を向いた店員が「どうぞ」といった後、彼の恋人が姿を現わした。

「えっ……」淳平は入室してきた人物を見て、ぎょっとした。直後、全身の血液が沸き立ち、内臓が飛び出るような衝撃に襲われた。

視線の先にいたのは、童貞を捧げて人生で初めて好きになった女性。以来、これまで幾度も体を重ね合わせてきた女性。そして、つい昨日、淳平を振った女性。レイナだった。

第3章 追う

目の前に現れた女性はゆっくりと頭を下げた。「こんばんは。初めまして、圭吾くんと付き合っている戸田咲良《さくら》です」

彼女はそういった後、顔を上げて髪の毛を耳にかけた。

見慣れた顔で聞いたことのある声だった。

彼女とは一年の付き合いで、昨日の今日での再会だ。別人であってくれと願いたかったが、見間違えるわけがない。

淳平は口が半開きのまま彼女を凝視していた。圭吾からすれば、彼女と淳平は初対面で、ここは挨拶を交わすのが当然だ。しかし、喉に鉛が詰まっているようで言葉を発することができなかった。

彼女の装いは、紺色のワンピースだ。エナメル質の鞄を肘にかけている。ベルトが巻かれた腰は、くびれが際立っていて色気を感じさせる。だが、全体的にお淑やかで清楚な印象だ。

淳平にとって、お気に入りの嬢と店外で出会い、その私服姿を見られたのなら、幸運ゆえに喜ぶところかもしれない。しかし、今はそれどころではない。

レイナは扉を閉めると、圭吾の隣に腰を下ろした。淳平の前に圭吾、はす向かいに彼女が座っているという格好だ。

わずかな沈黙の後、圭吾は「さてと」といって姿勢を正し、淳平に視線を合わせた。

「えっと……紹介するね。僕がお付き合いしている戸田咲良さんです。年齢は僕の一つ下。福岡市立大学の医学部に通う二年生で、彼女も僕と同様、現役で入学したんだ」両頬を赤らめながら、手のひらを彼女に向けていった。

レイナは笑みを浮かべた。「改めまして、こんばんは。戸田咲良です。よろしくお願いします」

「どっ、どうも……」淳平の言葉に動揺が含まれていた。

気まずさから、彼女と目を合わせることができず、テーブルに視線を下ろした。しかし、このままではあまりにも失礼極まりなく、場の雰囲気を壊してしまう恐れがある。俯きながらも何とかして口を開いた。「圭吾の友人の江崎淳平です……」消え入るような声だった。

彼の姿を見た圭吾は、「ははは」と笑みをこぼした。「どうしたんだよ、淳平。さっきとまるで別人だぞ」

淳平は圭吾に目をやった。「いっ、いや。いきなりの事だし、ちょっと緊張しているんだ……」

ふうん、と圭吾は眉間にしわを寄せた。「そうか……。やっぱり先に言っておくべきだったかな」独り言のようにいった。しかし、すぐに開き直ったような表情に変わり、「でも」と続けた。「こうして彼女も来てくれたし、せっかくの機会だから楽しもうよ」

淳平は無言で首を縦に振った。

次に圭吾は、隣の彼女に顔を向けた。「咲良も楽しもう」

うん、とレイナはうなずいた後、淳平を見た。「圭吾くんはね、前から長い付き合いの親友がいるって私に話していたんだよ。だから今日こうして江崎くんに会えて本当に嬉しい」明るい口調でいった。

「……っそ、そうですか」淳平はようやくレイナと目を合わせた。それから、声を震わせながら続けた。「徐々に仲良くなれればと思います。よろしくお願いします」

「もちろんだよ。江崎くん、よろしくね」彼女はにこりと笑った。

場は繋いだが、淳平の頭は状況にまったく追いつけていなかった。季節は秋なのにも関わらず、真夏のような暑さを感じていた。何度もセックスをした初恋の人が親友の彼女と知り、その二人と同じ空間に置かれているからだ。前代未聞の三角関係と言えた。

淳平は気づかれぬようレイナを一瞥した。彼女は依然として笑みを浮かべたままでいる。まるで本当に今日初めて顔を合わせたかのようだった。

こっちはどきまぎしているというのに、なぜそんな態度を取れるのか。もしかしたら彼女は気づいていないのだろうか。いや、そんなはずはない、と彼は思った。先ほど、個室に入ってきた時、彼女の頬は明らかに強張っていた。それは、彼女が淳平を認識したという何よりの証拠だった。

しかし、レイナは初対面として接してきている。仕事とはいえ、彼氏の友達と体の関係を持っていることを隠したいに違いない。無論、淳平も同感なので、これが初めての出会いであると装うことにした。

「何か飲み物と料理はいる？」圭吾がレイナに訊いた。

彼女は食事を済ませてきたらしく、ハイボールを頼んだ。淳平もこの状況下ではアルコールを飲まなければ最後まで乗り越えられそうにないと思い、彼女と同じものを注文した。圭吾はビールをおかわりした。

それらが運ばれてきた後、今度は三人で「乾杯」と声を揃えた。

圭吾とレイナはゆっくりとグラスを傾けた。一方、淳平は一気に飲み干した。その後、全身の細胞がみるみると活性化されて体温がさらに上昇していった。

彼を心配してか、圭吾は眉をひそめた。

「淳平。そんなに勢いよく飲んで大丈夫か？」

「うん、心配するな。この場を楽しく過ごすために酒を入れて緊張をなくそうとしているんだよ」

「……わかった。まぁ、無理はするなよ。ただでさえお酒に弱いんだから」

ああ、と淳平はうなずいた。

まもなくして、淳平は高揚感に包まれていき会話ができる状態になった。そして、目の前のカップルに視線を往復させて訊いた。

「ところで、二人はどういう経緯で付き合うようになったの？」

圭吾とレイナは顔を見合わせて目配せした。

すると、圭吾が「えっと……」と話し始めた。「僕が大学二年生になったばかりの春、所属していたインカレに咲良が入ってきたんだ。そこで開かれた新入生歓迎会でたまたま席が隣同士になったことがきっかけだね。覚えてる？」彼は顎に手を添えながら、レイナに顔を向けた。

「もちろん」と彼女は首を縦に振った。

その反応を見て、圭吾は続けた。「正直言うと、当時、彼女を初めて目にしたときはかなり緊張したよ。僕は男子校出身で女性と話すことにそこまで慣れていなかったし、それにすごく綺麗な人だったから。けど、咲良は気さくで明るくて、それに積極的に喋ってくれる人だったんだ。そこからインカレで彼女に会えば会うほど仲良くなっていって、その年の夏に付き合うことになったんだ」

淳平は「そうか……」と呟いた。「圭吾から告白したのか？」

「まあ、それは……。何度も交際をせがまれたからね」

「ちょっと、圭吾くん。何それ？　私が無理矢理に告白させたみたいに聞こえるんだけど」レイナは口を尖らせた。

「ああっ……。ごめん！　人聞きが悪かったね」圭吾はあたふたしながら、胸の前で手を合わせた。「でも、咲良のことが好きで告白したことは本当だからね」

「わかってる。私も圭吾くんのことが好きだよ」レイナは微笑み返した。

美男美女は仲睦まじい雰囲気だった。おまけに、二人とも医学部に通うほどの秀才だ。まさにお似合いのカップルと言えた。

そんな光景を目の当たりにした淳平は、蚊帳の外に置かれていると感じ俯いた。

別に圭吾が誰と付き合おうと、彼の自由だから四の五の言う筋合いはない。でも、世の中にいろんな女性がいるというのに、よりにもよってどうしてレイナなんだ。もし、彼が告白していなければ昨日振られずに済んだのではないか。そうしたら、彼女の隣にいることができたのではないか。

淳平の頭の中で、考えが巡っていると、ふとレイナに問いただしたいことが浮かんできた。風俗で働いているうちは誰とも付き合う気は無い、と言っていたのになぜ圭吾と付き合っているのかと。あれは自分を牽制させるための嘘だったのか。やはり、みすぼらしく将来が不安定そうな男よりも、顔が整っていてお金を持っている男がいいのか。

今すぐにでも訊いてみたくなったが、この場で出来るはずもなく呑み込んだ。やり切れない思いは胸の中で膨張していった。

その後は、三人で他愛もない会話を続けた。日々の大学生活、趣味、バイトなどについての内容だった。いつしか最初の緊張感はなくなり、本当に食事を楽しむ場となっていた。

そんな時、レイナが口を開いた。「そういえば私、江崎くんに訊きたいことがあったんだ」

淳平は手にしていたグラスを置き、「なんでしょうか?」と彼女を見返した。

「江崎くんから見た圭吾くんはどんな人? 私よりも付き合いが長いし、親友なら良いところも悪いところも知っているだろうから教えてほしいなぁと思って」

淳平は腕組をして唸った。それから少し間を置いてから言葉を発した。「正直に言うと、悪いところは一切なくて良いところしかないです。誰に対しても優しく、面倒見がいい兄という感じですかね。これまでも、僕が福岡に帰るたびにこうした場で会っているのですが、圭吾はいつも店を調べて予約してくれるんです。とても一人っ子とは思えないです」

うんうん、とレイナはうなずいた。「やっぱり、そうですよね。私も同じことを感じていました。きっと素敵なご両親に育てられてきたんだろうなって思います」圭吾に顔を向けた。

「何かやだなぁ、恥ずかしからやめてくれよ」圭吾は顔の前で手を振った。「でも、今の僕があるのは父さんのおかげかな。小さい頃からいつも言っていたんだ。自分に厳しく他人に優しくなりなさいってね。多分、医者をやっているからそういう考えを持つようになったんだろうね。毎日、人の命を救うために自分の寝る時間を削って働いているから。僕もそんな父みたいになりたいなと思って、自分の周りの人に対して親切に接してきたんだ。淳平と咲良に褒められると自分がやってきたことは間違いじゃなかったと思えるよ。二人とも本当にありがとう。そして、これからもよろしく」滑らかな口調でいうと、背筋を伸ばして頭を下げた。

大学生とは思えない物言いに圧倒されたためか、淳平とレイナは口をぽかんと開いた。彼らがいる個室にだけ静寂の時間が訪れた。扉の外からは絶えず賑やかな声が聴こえてきた。

そんな空気を打破したのはレイナだった。「圭吾くんて人生二回目？　普通の学生はそんなこと思っていないし、仮に思っていたとしても恥ずかしくて言えないよ。ねぇ、江崎くん」

「そっ、そうですね。でも、こういうことを平気で言ってしまうのが圭吾ですね」

彼女は目を丸くした。「……そうですか。やっぱり、圭吾くんて真面目で誠実な人なんですね。親友の江崎くんから私が知らない彼の一面を聞けてよかったです。ありがとうございます」

「いえ、とんでもないです」

この時、レイナの鼻が高くなったように見えた。自分の彼氏が容姿端麗で頭脳明晰。それに加えて品行方正であり、完璧な人間と知ったためか。しかし、それは無理もないと思えた。淳平が知る限り、圭吾と関わって誇らしくない人間など、これまで見たことがなかったからだ。

「ちなみに江崎くんは兄弟とかいるの？」いつの間にかため口になっていた。

「えっ……」彼女の質問に淳平は固まった。

無言の状態が続いていると、圭吾が二人の間に割って入ってきた。

「咲良、彼に兄弟のことを訊くのは――」

「いや、俺は大丈夫だよ」淳平は圭吾が喋っている途中、彼に掌を向けて制した。

圭吾の顔に困惑の色が広がった。「でも……。あんまり話さない方がいいじゃないか？」

「平気だよ。あれから時間も経っているし」

「……そうか。……わかった」

状況が把握できていないレイナは、彼らに視線を交互に向けている。

淳平は彼女に目をやり、一回咳払いをしてから口を開いた。「僕には弟がいました……」

「いました……て」。彼女は一拍置いて、恐る恐る続けた。「……じゃあ、今はいないの？」

「はい、三年前に亡くなりました」

淳平には、弘明《ひろあき》という年齢が一つ下の弟がいた。圭吾とも仲がよく、三人で遊んだことも多々あった。ところが、彼は高校二年生の時、家族が留守の中、自宅で自らの首を吊って命を絶った。遺書が残されていなかったため、理由は今もわかっていない。ただ、亡くなる前の弟の様子がおかしかったことを、淳平は覚えている。彼は不登校になり、抜け殻のような状態になったのだ。そのため、何か不幸なことが弟の身に降りかかったのだろう、と淳平は踏んでいる。

淳平の発言にレイナは大きく目を開いた。「……そうなんだ。それは気の毒に。ごめんなさい、不謹慎なことを訊いてしまって……」

「いえ、気にしないでください。戸田さんは何も知らなかったんですから」

「いや、でも……。せっかくの楽しい時に……。私、何てことを……」俯き両手で顔を覆った。

すかさず圭吾が彼女の背中に手を回してさすった。「君が責任を感じる必要はないよ。ただ、兄弟の有無について訊いただけじゃないか」慰めの言葉をかけた。

次に、圭吾は淳平の方に顔を向けた。「やっぱり、話さない方が良かったじゃないか。食事の場で人が亡くなったなんて話はするもんじゃないよ」丁寧な口調の中に、少しの怒りが含まれていた。

その姿は、何かを守るときや間違いを正すときに特有の圭吾だった。決して感情的にはならず、冷静に自分の意見を主張するのだ。いつだったか、淳平が不良に絡まれた際、圭吾がそういう姿勢で助けてくれたことがあった。他にも、学校行事において生徒同士でもめ事が生じた時も、そんな様子で問題を解決していた。今回は、不要な話題によって彼女が自責の念に駆られたことに、異議を唱えるものだった。

淳平は肩を縮めた。「そうだな、ごめん……。俺の配慮が足りなかった」

少し考えればわかるはずだったのに、なぜ弟の話をしてしまったのか。淳平にもよくわからなかった。レイナと同様、自分も家族を失った不憫な人間であることを知ってもらえれば、彼女と傷の舐め合いができて、再び距離を縮められると思ったからかもしれない。何にせよ、雰囲気を壊してしまったことを後悔した。

「江崎くんを責めないで。訊いたのは私なんだから」顔を上げて圭吾にいった。

先ほどまでと異なり、彼女の表情には暗がりが広がっていた。申し訳なさを本当に感じているようだった。

「ちょっと飲んだ方がいい」圭吾は水が入ったコップを彼女に差し出した。

レイナは彼から受け取ると、口元に運んで喉に流した。それから深呼吸をした。

「ありがとう。もう大丈夫」コップを返した。

圭吾は手渡されたコップを置いた後、淳平に向き直った。「すまない……。僕も軽率だった。本気で止めていれば良かったな」眉を八の字にした。そして、少し間を置いて続けた。「実をいうと彼女は繊細な人なんだ。以前、一緒に恋愛映画を観ている時、主人公のバッドエンドな結末に感情移入して泣き出してしまったことがあるんだ。だから、これから三人で会う際は、暗い話はなしにしよう。楽しい雰囲気の方がいいに決まっているんだから」

「わかった」淳平は首を縦に振り、小さな声で返答した。次にレイナに顔を向けた。「戸田さん。気分を害するようなことを言ってすみませんでした」

彼女も自身の行いを詫びるように頭を下げた。

その時だった。扉の向こう側から「失礼します」と快活な声が入ってきた。例の女性店員が頼んでいたバニラアイスを運んできてくれたのだ。

三人は無言で口元に運んだ。口に入れた瞬間、溶けてなくなるような滑らかな食感だった。また、香りは控えめだが濃厚な甘みだった。

あまりの美味しさに、三人は思わず顔を合わせて感激の声を上げた。おかげでレイナの表情にも明るさが戻り、部屋の雰囲気は和らいだ。

やがて、食事会は終了し、会計を済ませて店を出ることになった。

淳平がエントランスで靴を履き終えて腰を浮かせた瞬間だった。突然、背中に衝撃を感じた。何かと思い振り向くと圭吾が片膝をついていた。

「すっ、すまない。足が滑ってしまった」転んだようだ。

「おい、大丈夫か？」淳平は心配の声をかけた。

「うん。ちょっと酔ったのかもしれない」圭吾は立ち上がりながらいった。目の位置がかなり上の方にあった。それから淳平が着ていたジャケットを手で払った。「高そうな服なのに申し訳ないね」

淳平は首を横に振った。「これは安いにも関わらず、しわが付きにくいんだよ」

「へえ、そうなんだ。僕も買おうかな」淳平のジャケットを触りながらしげしげと見た。

彼らの横からレイナが近づいてきた。「酔うところなんて初めて見たわ。そんなに飲んでなさそうだったけど」圭吾の顔を覗いた。「うん、顔色は大丈夫そうね。ていうか、お酒は強かったはずだよね？」

「ああ……。いや、ここのところ勉強に追われて徹夜続きだったから酔いが早まったのかもしれない」

彼女は眉をひそめた。「そう。でも、体には気をつけてよね」

「うん。まぁ、僕もだけど咲良もね」圭吾はレイナの肩をぽんと叩いた。

そして三人は店から出た。

時刻は二十一時を少し過ぎた頃だった。空はすっかり暗くなっている。しかし、街灯や看板の明かりで街は煌々と照らされていた。行き交う人も多く、博多の夜はこれから活気が増すような雰囲気だった。

「それじゃあ、ここで解散ということで」と圭吾がいった。「みんなで二次会に行きたいところだけど、僕は来週テストがあるんだ。早く寝て明日の朝から勉強しなきゃいけないからここまでにしよう」

「そうだな。そうしよう」淳平が同調した。

淳平が福岡に来た際は、日が明けるまで圭吾と飲んでいた。今回も、事前に宿泊先のホテルで飲み直そうと誘っていた。だが、テスト勉強があるという理由で断られたので、今回は控えたのだ。

当初、久々の再会なのにほんの数時間で終了か、と淳平は肩を落とした。しかし、今となってはそれで良かったと思った。先ほどまで異常な三角関係に身を置かれて疲れてしまったからだ。早く帰りたいからか、足がそわそわしていた。

圭吾は淳平に顔を向けた。「明日、東京に戻る予定だったよね。次はまた数か月後かな」

「ああ」淳平は遠くに目を向け、少し考えるそぶりをしてから続けた。「今度は圭吾が東京に来てくれよ。結構、観光する場所もあるし。俺が案内するからさ」

「おっ、それもいいね。予定がわかったらまた連絡するよ」

淳平は頷いた。

「じゃあ、僕は空港線で帰るから」圭吾はそういいながら、中洲川端駅がある方向を指した。「二人とは逆方向だね」

えっ、と淳平は声を漏らした。

彼の泊まるホテルは博多駅近くにある。まさか、レイナも帰る方向がそっちなのか。だとしたら彼女と二人きりということになる。途端に気まずさが胸に広がり、思わず横にいるレイナを一瞥した。

するとと彼女と目があった。

「あの……。戸田さんは博多駅方面に帰るんですか?」淳平が訊いた。

「うん。博多駅から鹿児島本線で帰るから」

「そうですか……」体が熱くなった。

道中、どのように彼女と接して、何を話したらいいだろうか。淳平が考えを巡らせている最中、圭吾が近づいてきた。

「ここでお別れだね。淳平また会おう」右手を差し伸べてきた。

淳平はその手をがっしりとつかんだ。「じゃあな。元気でな」

うん、と圭吾はいって手をほどいた後、レイナに視線を向けた。「咲良、また連絡するね」

「わかった。勉強頑張ってね」彼女は頬を緩ませて手を振った。

圭吾はレイナと淳平を交互に見ながら、「またね」と手を振り、くるりと背中を向けた。そして、歩みを進めた。彼の後ろ姿がどんどん小さくなっていく。

やがて、視界から圭吾が外れ、風俗嬢とその客が取り残された。二人は圭吾が歩いて行った方向を見たままでいる。会話をすることもない。横をすり抜けていく人々の声、車が走ることで生じる雑音ばかりが耳に入ってきた。

そんな中、口火を切ったのはレイナだった。「それじゃあ、私はこれで」回れ右をして博多駅の方向に歩き出した。

あまりの素っ気なさに淳平は口をポカンと開けた。目をやると、彼女の歩くスピードは速く、どんどん距離が離れている。次の予定が差し迫っているのか。それともこの場にいたくないのか。おそらく後者だろうと思った。

しかし、このままレイナを帰らせたくなかった。ここで彼女を止めなければ、今後もう二度と会えないような気がしたからだ。

淳平はすぐさま追いかけた。すれ違う人を交わしながら前進していく。途中、サラリーマンと思しき三十代くらいの男と衝突しそうになり舌打ちをされた。

すみません、と空謝りをして彼女の後を追った。

ようやく彼女の背中が近づいてきたところで呼びかけた。「レイナ！」

だが、彼女は歩みを進めたままでいる。淳平の声が聞こえていないのか。いや、聞こえているが聞こえていないふりをしているに違いなかった。

淳平は大股でさらに距離をつめて彼女の手首をつかんだ。「待ってくれレイナ！」

彼女はこちらに振り返った。眉間に力を入れ、睨みをきかせるような表情をしている。それを崩さないまま一拍置いてから口を開いた。

「離してよ。あと、ここではその名前で呼ばないで」低い声だった。

「ああ……。ごっ、ごめん」迫力に気圧されて思わず手を離した。

風俗で会うときの彼女とは明らかに異なる姿だった。

「それで、私に何か用？」腕を組んで訊いてきた。

「……あっ。……いっ、いや。……その」頭をかきながら辺りをキョロキョロと見渡した。

挙動不審な彼を見て彼女は、ハァ、と息をもらした。

「あのさぁ、用がないなら帰るよ。こんなところ、お店の人や他のお客さんに見られたりしたらまずいんだからさ」語気が強くなっていた。

「……いや、その。俺は君と――」

淳平が話をしている途中だった。レイナはまた博多駅の方へ体を向けて歩みを進めた。

このままではまずい。とにかく彼女と話がしたい。それだけなのだ。とはいえ、先ほどのように無理矢理に手を出して止めるわけにもいかない。どうすればいいのか、淳平は考えを巡らせた。

「けっ……、圭吾に言うぞ。君がお店で働いていることを」

彼がそういうと、彼女の動きが止まった。

効果があったのか。念を押すためにさらに続けた。「話をしてくれないなら、君の仕事のことを彼に言う」

脅すつもりは決してなかった。しかし、こうでもしなければレイナは聞く耳を持たないと思ったのだ。

淳平は彼女に近づいてもう一度いった。「お願いだ……。少しだけでいいから俺と話してくれないか？」

眼前の華奢な後ろ姿から、何かを考えているような雰囲気が伝わってくる。淳平は固唾を飲んで返答を待った。

すると、レイナは再び顔を向けてきた。目には、凍てつくような色が浮かんでいた。そのせいで淳平の全身に悪寒が走った。金縛りにあったようで体を上手く動かせない。それに加えて、鳥肌が立っていることを感じた。

直後、何かを切るような音が耳に入った。それは、彼女が舌打ちしたことで生じたものだった。

第4章
告げる

淳平は泊まっていたホテルの部屋にレイナを引き入れた。

落ち着いた茶色を基調とした空間の両端に、シングルベッドとワークデスクが置かれている。その奥には大きな窓があり、博多の夜の街が見渡せた。二人で話をするには十分な広さがあり、何より静かな場所だった。

ここに来るまでの道中、レイナとは一切言葉を交わさなかった。中でも、エレベーターでの時間は、その場から逃げ出したくなるものだった。狭い密室の空間で、彼女が距離を取るように隅で立ち尽くしていたのだ。

おおかた、こうなることは予測していた。しかし、初恋の人から露骨に嫌な態度を見せられると、鋭く尖った刃物が胸に突き刺さったような感覚に襲われた。

傷心を抱えたまま淳平はベッドに腰を下ろした。ワークデスクの方に指を向けて、「そこの椅子に座って」とレイナにいった。

彼女はかぶりをふった。「このままでいい」といって、彼から距離が離れた壁に背中を預けていた。

「……そうか。……わかった」がくりと項垂れた。

やはり彼女は冷たく、風俗で接してきた時とは明らかに違った。

しばらくの時間、二人の間で沈黙が流れた。

なかなか本題に入ろうとしない彼を見かねてか、レイナはため息を漏らした。

「あのさぁ、私と何の話がしたいの？　用があるなら早く喋ってよ」口調に苛立ちが含まれていた。

咄嗟に淳平は背筋を伸ばした。「あっ、あぁ……。ごめん……」

そして、一呼吸してから彼女に訊いた。

「昨日、俺が告白した時、君は誰とも付き合う気はないと言って断ったよね。なのに、どうして圭吾と付き合っているんだ？」

「そんなことを訊くために呼んだの？」呆れた表情をした。それから、もう一度深く息を吐いて続けた。「この際だから、はっきり言ってあげる。私がいる風俗というところはね、仕事をする場所なの。客に優しく話してあげることも、体を売っていることも、何もかもすべてお金のためにやっているの。だから、あんたみたいに風俗に来るような男なんかと付き合うわけないし、そもそも恋愛対象としては見られない。そういう意味で言ったの。仕事と一線を引いた私生活なら普通に恋愛するに決まっているでしょ。圭吾くんはね、イケメンであることに加えて勉強とスポーツも出来て、将来を嘱望されている男性なの。医者の卵なの。その辺の陳腐な男とは違う能力と肩書きを持ち合わせているの。だから付き合っているの。あんたとは、レベルが違うんだよ。そんなこともわからないの？」強い口調でまくし立ててきた。

「……いやっ、その」言葉に詰まった。そして、何度も瞬きをしながら彼女を見つめた。

この女性は一体誰なんだ。これが真の彼女の姿なのだろうか。いや、そうなのかもしれない、と彼は思った。なぜなら、目の前にいる人物はレイナではなく戸田咲良という女性だからだ。

もっとも、これではっきり分かったことがある。

それは、彼女が仕事のために接してきていたということだ。淳平のことを特別な人と言ったことも、会えて嬉しいなどの甘い言葉を投げかけてきたことも、風俗で見てきた彼女は虚像で、すべてまやかしに過ぎなかったのだ。

また、男の魅力として圭吾に負けたことも再度判明した。大金をつぎ込んで何度も彼女に会いに行っていたのにもかかわらず、顔や性格、将来の有望性、すべての面において彼にかなわなかったのだ。

やはり女性は優秀なオスに惹かれるのだ。

厳しい現実を突きつけられて、淳平は胸が張り裂けそうになった。

それから、と彼女は話を続けた。「私さ、あんたのことが嫌いで仕方ないんだよね。今、こうして同じ空気を吸いたくないくらい」

突然の告白に彼はぎょっとした。「どっ、どうしてだよ……」

「やっぱり、わからないか」やれやれ、とでも言うように首を横に振った。「チビな上にデブで、清潔感もない。口を開けば、面白くもない自分の話ばかりで、一切のコミュケーション能力がない。それらを補えるような頭脳もない。おまけに、自分よりも能力が高い人間を前にすると、嫉妬心の塊になる。圭吾くんとのやり取りを見て何となくわかったわ」

彼女の指摘に淳平はグッと奥歯を噛みしめた。特徴を的確に捉えられていたからだ。

要するに、と彼女はいった。「あんたは、外見と中身が終わっている絵に描いたような弱者男なんだよ。そんな劣等な遺伝子を持つような奴はさ、人間としての存在意義がないから、この世には必要ないの。代わりに私や圭吾くんのように優れた人間の遺伝子を後世まで残すべきなの」吐き捨てるような物言いだった。

淳平は口をあんぐりと開いたままでいた。

これは何かの間違いではないか。彼女が本気でそんな非情なことを言うわけがない。そう思いたかったが、依然として汚物を見るような目を向けている。

それでようやく彼は理解した。

彼女は優生思想の持ち主で、淳平のように容姿、肩書き、能力などを持ち合わせていない人間に対して、存在意義を見出すことができず、激しい嫌悪感を抱くのだ。それが本性なのだ。

淳平は胸の奥で何かが壊れたような気がした。それに呼応するように目から涙が溢れ、おまけに鼻水まで垂れてきた。身体からこんなにもの液体が排出されるのか、と驚くほどの量だった。たまらず俯いた。

そして、次の瞬間だった。

「うう……。うわあああああっ！」慟哭の声が部屋に響いた。

その時間がしばらく流れた。

やがて、パニックが落ち着いてきたところで、彼はそばにある箱からティッシュを抜き取り、顔を拭った。

すると偶然、彼女と視線が重なった。

彼女はげんなりとした顔を作った。「きったな……。本当に醜い男ね」

淳平は相変わらず反論に窮する状態のままでいた。

その時、彼女の表情がハッと変わった。

「今のあんたを見て思い出したことがあるわ。どうせ、最期の機会だから教えてあげる」

それから口に出したのは次のような内容だった。

彼女が高校二年生の時、クラスメイトにとある男子生徒がいたという。彼はメガネをかけていて、小柄で肥えた体格をしていた。いかにもオタクという出で立ちだったらしい。

彼は物静かで控えめな性格だった。周りの人間とは会話を交わさず、いつも暗い表情を浮かべ一人で行動していた。無論、学校行事には消極的で、部活にも所属せず帰宅部だった。

そんなことから、彼のことを気にかける者は、クラスにはいなかった。ただ一人を除いて。

その一人とは、戸田咲良だった。当時、彼女は学校の中心的な人物だった。人目を惹きつける美貌に加え、勉学で優秀な成績を修めていたからだ。彼女だけが彼に優しく歩み寄ったのだ。

当初、彼は困惑した。彼女のような美しく聡明な人間が、どうして対極にいる自分に寄り添ってくれるのか、と。

彼が問うと、彼女はこう答えた。

「だって、せっかく同じクラスになったんだから仲良くなりたいじゃん。一度きりの青春をあなたとも送りたいの」

その言葉を聞いた彼は、彼女に心を開くようになった。そして、次第に二人で過ごす時間が増えていった。

一緒に登下校をしたり、学校の屋上でご飯を食べたり、休日に遊びに出かけたりした。

さらに二人で勉強もした。といっても、ほぼ彼女が教える格好だった。彼は学年で最下位になるほど勉強が不得意だったからだ。

彼女と一緒に勉強をする時間は、彼にとってありがたいものだった。優秀な彼女に教えを乞うことで評定と偏差値が上がると思ったのだ。実際、彼の成績は上昇した。ただし、最下位から何とか抜け出せたくらいで、目を見張るほどの成長ではなかった。

それでも、彼は満足していたようだ。孤独で陰鬱だった学校生活に光が差し込んできたと感じていたらしい。以前に比べ、明るくなった彼の表情がそれを物語っていたという。

やがて、彼は彼女に恋心を抱くようになった。初めは目を合わすことすら出来なかったのに、四六時中、彼女を目で追いかけるようになったのだ。

とうとう、気持ちを抑えられなくなった彼は「付き合ってください」と彼女に想いを伝えた。それは彼にとって生まれて初めての告白だった。当然、上手くいくと思っていたらしく、自信に満ちた表情を浮かべていたという。

しかし、彼女はいきなり豹変し、それを断った。

見たことがない彼女の姿に彼は驚き、なぜかと訊いた。

すると、彼女は以下のように非道な言葉を投げかけた。

「たくっ、これだから童貞は。私があんたみたいなキモくてモテない男と付き合うわけないでしょ」

「そんな……。じゃあ、どうして僕なんかと一緒にいたんだよ。思わせぶりな態度まで取って」彼はさらに疑問を投げかけた。

彼女は彼と長い時間を共有した理由を二つ述べた。

一つ目は、クラスメイトからの人間性の評価を上げるためだった。孤立した彼と関わっている姿を見せつけることで、外見だけでなく中身も優れた人間である、と認識されると考えたのだ。

二つ目は、成績評価を上げるためだった。当時、彼女は学級委員を務めていた。何かしらの役職に就けば、大学入試において加点されると思い立ったからしい。さらなる点数稼ぎを目的に、はぐれ者の彼と仲良くなることで、担任教師にクラスを集約したと錯覚させたかったのだ。おかげで、後に医学部に合格することにも繋がったという。

いずれにせよ、彼は彼女の価値を上げる道具にすぎなかったのだ。

好きだった女性の真実を知った彼は、哀情と絶望から激しく泣き叫んだ。

その姿を見た彼女はこう続けた。「あんたみたいな男はさ、一生女子と付き合うことなんて出来ないよ。見た目はキモいし、人と喋ることが出来ない。おまけに頭は悪い。人間としての存在価値がないんだよ。だから早く死ねよ」

彼女の言葉を聞いて以降、彼は学校に来なくなったらしい。

失恋の悲しみで一時的に引きこもったのだろう。そのうちに顔をみせるだろう。彼女はそう思ったようだ。

だが、彼女の前に彼が再び現れる日は来なかった。

咲良はここまで話をしたところで、淳平に近づき見下ろした。「そいつが二度と姿を見せなくなったのは何でだと思う？」

「わからない」淳平はいった。

彼女は不敵な笑みを浮かべて口を開いた。「そいつ、家で首吊って死んだのよ」

彼は大きく目を見開いた。

「いやぁ、驚いたよ。まさか本当に死ぬなんてさ」でも、と言いかけた時、彼女の目に怪しい光が宿った。「良かったと思っちゃった。弱い生物がいなくなったことで、世の中が少しでも良くなったんだから」

「そっ、それ、本気で言っているのか？」

「本気よ」真顔に戻った。「昨日、話したけど、私は祖父母に育てられてきたの。覚えている？」

ああ、と淳平は小さくうなずいた。

「生活の中で、お爺ちゃんがよく言っていたの。社会を良くするためには、有能で生産性の高い人材を増やさなければならないってね。だから私にスパルタ教育を施したの。何度も手を上げられたことがあって、正直、かなり辛かった。だけど、私もお爺ちゃんの考えに共感していたし、成績も伸びていたから何とか耐えられた。そうやって過ごしていくうちに、私は思い始めたの。有能で生産的な人材を増やすより、無能で非生産的な弱者を排除した方がいいってね」

「どっ、どうしてだよ？」

「世の中には、ニート、犯罪者、障害者、貧困者がいるでしょ。その人達て、学歴、収入、容姿、どれも持ち合わせていないことがほとんどで、社会に何の利益も生み出していないの。それにも関わらず、優秀な人達が納めた高い税金や社会保障費を食い潰している。つまり、不平等と言っても差し支えがないくらい多くの恩恵を受けているの。それって、世の中を悪くしていると言えるでしょ。だから、社会の役に立たない弱者は、人間としての存在価値がないから排除すべきなの。そうしたら、優秀な人間が残って、社会はもっと良くなるの。私の同級生だった男も弱者の部類に入る人間だったから、死んで良かったのよ」満足げな表情を作り、胸の前で両手を合わせた。

彼女の言葉を聞いて、この女は悪魔だ、と淳平は思った。間接的に人を殺した挙げ句、笑いながらそれが世間のためになったという暴論を吐いたからだ。

途端に、恐怖、絶望、負の感情が胸の中で混ざり合った。口元が無意識に震えていることがわかった。

その時だった。淳平の脳裏に何かが引っかかった。

咲良は高校二年生の時に同級生が亡くなったと言っていた。しかも、その男子生徒は自宅で首を吊ったとのことだ。現在、彼女は大学二年生だから、ちょうど三年前に起きた出来事ということになる。

脳内に存在するモヤモヤとした不鮮明な像が、段々と鮮明な姿に変わっていくような気がした。次第に、胸のざわめきが勢いを増していった。

そこで彼は、恐る恐る咲良に尋ねてみた。「君の出身高校はどこなんだ?」

一瞬、彼女は虚をつかれたような顔をした。しかし、すぐに平静な表情に戻った。それから一拍置いて口に出した。「福岡南高校」

学校名を聞いて、淳平の心臓は跳ね上がった。弟の弘明もそこに通っていたからだ。三年前、弟は高校二年生の時に首を吊って自殺した。今し方、彼女が話していた男子高校生とは弟のことではないのか。まさか、彼女が弟を死に追いやったのか。もし、そうであったならば到底受け入れられない真実だ。しかし、状況を整理するにその可能性は大いに高いと思われた。彼は深呼吸をして、もう一度彼女に質問した。

「その亡くなった生徒の名前は?」

咲良はこめかみに指を当てた。「ええと……。何だったかなぁ。あんまり覚えてないんだよね」そう言って、しばらく考え込むような仕草をしている時だった。彼女は「あっ」と声を上げた。「たしか……。エサキヒロアキ」

淳平は口をあんぐりと開いた。それは淳平の弟の名前だった。大切な弟は目の前にいる人物によって殺されたのだ。体の中心から怒りが沸き上がることによって体温が上昇した。

「それは俺の弟だ……」淳平は低い声でいった。

彼女は毅然とした態度のままでいる。「へぇ、そうなんだ。やっぱり血は争えないわね。この話を思い出したのも、あんたがそいつにあまりにも似ていたからだし」

「ふざけんな。君は弟を殺したんだ。警察に突き出してやる」彼女を睨んだ。

「やってみなさいよ。言っておくけど、証拠なんて何も残ってないから」

彼女の言葉に、淳平は奥歯をかみしめた。確かにその通りだった。弟は遺書すら残さず、あの世に逝ったのだ。どうしようもない状況ながらも、己の無力さを感じ、さらに目頭が熱くなった。

フッ、とレイナは鼻で笑った。「じゃあ、さようなら。もう二度と会うことはないけど」

淳平は目を丸くした。「二度と会わない、てどういう意味だよ?」

レイナはにやりとした笑みを作った。「これから警察署に行く。そこで、あんたにホテルに連れ込まれてレイプされたって言うのよ。そしたら、あんたの人生は終わったも同然。だから早いとこ、弟と同じように死ねよ。キモくてモテない男なんて生きていても価値がないから」

彼女はそう吐き捨てると、くるりと背中を向けて部屋の扉に向かった。

「おっ、おい。ちょっと待てよ」

淳平はすぐに追いかけて、彼女の腕を掴んだ。

すると、彼女は振り向きざまに、彼の手を振り払った。「触るんじゃねぇよ！」そして、淳平の頬に大ぶりで平手打ちを食らわせた。

バチンッ、という音が発生した後、彼は吹き飛ばされて床に尻をついた。

「痛ってぇ。痛ぇよ」淳平は悶えながら、両手で頬を覆った。

「じゃあね、弱者男」咲良は蔑むような目で見下ろしてきた。

そんな彼女の姿を見て、淳平は改めて思った。やはり、この女は人の皮を被った悪魔だと。

咲良は再び踵を返して、扉に向かって歩き出した。

「くそっ」淳平は床を殴り、彼女の後ろ姿を凝視した。「待てっ、レイナ！」

だが、彼女は振り向こうとはしない。そして、扉のドアノブに手をかけて外に出ようとした時だった。えっ、と驚きの声を漏らした。

淳平もぎょっとした。

扉の向こう側に圭吾がいたのだ。先ほど別れたはずなのに、なぜ彼がこの部屋の前にいるのか。さっぱり理解できなかった。

「どうして圭吾くんが……」彼女は声を震えさせながらいった。

「咲良、全部聞いていたよ」圭吾は眉間にしわをよせた。「君と淳平に話したいことがあるから中に入らせてもらうよ」

圭吾は部屋に入り、咲良の手を取って淳平がいるところまで近づいた。

三人は向き合った。部屋がかなり狭くなったように感じた。肩が押しつぶされそうなほど、重苦しい空気が漂っていた。依然として、淳平とレイナは怪訝そうに圭吾を見つめていた。

そんな中、圭吾が切り出した。

「二人とも、なんで僕がここにいるんだっていう顔をしているね」

彼はそういった後、淳平が着ていたジャケットのポケットから小型のリモコンらしきものを抜き取り、淳平と咲良にかざした。

「それは何だ？」淳平が訊いた。

「録音式の盗聴器だよ」圭吾がいった。

「どういうこと？　どうしてそんなもの……」咲良は眉をひそめた。

「これで君たちの会話を録音して、聞いていたんだよ」そういいながら、指先を耳元に向けた。そこには、無線の白いイヤホンが収まっていた。

彼女は目に狼狽の色を浮かべた。「なんでそんな事をするのよ」語気が強くなっていた。

「咲良、落ち着いてよ」圭吾は手のひらを彼女に向けて、制するような仕草をした。

「ちゃんと説明するから」

彼は耳につけていたイヤホンを取った。それから一呼吸置いて、ことのあらましを話し始めた。

始まりは三か月くらい前。セミが鳴き始めた初夏で、圭吾とレイナが付き合ってから一年ほどが経っていた時だった。

圭吾は咲良の家に向かっていた。鹿児島本線の箱崎駅から徒歩数分の所に彼女の住まいはあった。築年数の浅そうな、コンクリート造りのアパートだった。付き合って以降、何度か足を運んでいたが、この日は彼女の手料理を一緒に食べることが目的だった。

部屋は四十平方メートルに1DKという間取りだった。学生が住むにしてはかなり広い、と彼は思っていた。ただ、部屋の造りはごく普通と言えた。居室にはベッド、机などの家具が綺麗に配置されていた。

その中で、他の女子学生と違う点を挙げるとすれば本棚だろうと思われた。日本語、英語のさまざまな小説があった。さらに、医学生というだけあって、分厚い学術本が数多く並べられていた。本が好きな圭吾にとっては、彼女の家に来るたびに本棚を眺めることが一つの楽しみだった。とはいえ、その顔ぶれが変わることはさほどなかった。

「今日は、圭吾くんの好きなカレーだよ。すぐに作るから待っていて」キッチンにいる咲良がいった。

圭吾は居室から顔を覗かせた。「ありがとう。楽しみだ」そういった後、いつものように本棚に視線を配らせた。

すると、普段の光景と違うことに気づいた。並べられた本の隙間の奥にノートらしきものが見えたのだ。彼は手前にある本を何冊か抜き取ってその正体を確かめた。予想通りA4サイズのノートだった。しかも、かなりの量が並んでいた。

なんだろうか、と圭吾は気になり、そのうちの一つを手に取った。表紙には『日記帳』と記されていた。後ろめたさを感じたものの、読んでみたい気分になった。そして、キッチンに目を向け、彼女が料理に集中していることを確認してから表紙を開いた。

そこには、綺麗な文字が並んでいた。内容は最近書かれたものではない。日付が三年前になっていたことから分かったのだ。つまり、これは彼女が高校二年生の時に書いた日記ということになる。

やっぱり人の日記を詳しく読んではいけない、と思い顔を上げた。しかし、どうしても目を通したい気持ちを抑えきれないままでいた。大好きな彼女のことをもっと知りたい、と思ったからだった。

いけないこととわかっていながらも、彼は再びノートに視線を落とし、文章を追った。

内容は一般的な女子高生の日々に関するものだった。学校での出来事、友達との出来事、どんな一日だったのかについて綴られていた。

彼はさらに手を動かして、日記を読み進めた。当然、がらりと内容が変わることはなかった。

そうやって、紙をめくり続けている時、あるページに目が留まった。

それまでの内容とは異なり、彼女の同級生である男子生徒の話が挙がっていたのだ。その彼と一緒に通学したり、ご飯を食べたり、勉強をするなど、淡い青春を送っていたことがわかった。

この人物が咲良の高校時代の彼氏になったのだろうか、と圭吾は思った。彼女の美貌を考えれば、自分と付き合う前に彼氏ができてもおかしくない。そう思いながらも、少し嫉妬心が芽生えた。

ところが、二人は恋仲になることはなかったようだ。それを知って、圭吾は安堵した。しかし、続きの文章に目を通すと、衝撃的なことが書かれていた。彼女は己の評価のためにその男子生徒を利用し、死に追いやったらしいのだ。

思わず彼はノートから視線をそらし、大きく目を見開いた。これは本当なのだろうか。もし、そうだとしたら大事件だ。

圭吾は呼吸が乱れるのを懸命に抑えて、再び日記に目を落とし注意深く読んだ。亡くなった人物の名前を知り、彼はさらに唖然とした。なんと親友の弟である江崎弘明だったのだ。

圭吾は淳平だけでなく弘明とも仲が良かった。淳平の家に行った際、よく三人で遊んだ。しかし、三年前、圭吾の耳に訃報が飛び込んできた。弘明が自ら首を吊って亡くなったとのことだった。

原因は、はっきりしていなかった。だが今、思わぬ形でわかってしまった。自分の彼女が弘明を殺したのだ。

気がつくと、圭吾はノートを握りしめていた。

その時、キッチンにいた咲良が声を上げた。「圭吾くん、もう少しでできるよ」

「あっ、うん」慌てて日記を元あった位置に戻した。

その後、二人でカレーを頬張った。

「うん、美味しい」咲良は笑みを浮かべた。「ねえ、どう？」

彼女の問いに圭吾は頷いた。「美味しいよ」

しかし、彼にとって好物のはずなのにまったく味を感じることができなかった。咲良の料理の腕前が悪いわけではない。むしろ、上手な方だ。明らかに動揺が味覚をおかしくさせたに違いなかった。

食事中、圭吾は何度も咲良を見た。この場で問い詰めようと思ったが、彼女の屈託のない笑顔を見ているとできなかった。心の片隅で自分の彼女は人を殺すようなことをするはずがない。何かの間違いだと思いたかったのかもしれない。

結局、この日は何事もなかったかのように咲良の家をあとにした。だが、彼女の裏の顔について気になって仕方がなくなってしまった。他にも何かを隠しているのではないかと勘ぐったのだ。

それから、咲良の家に行くたびにノートを見るようになった。無論、彼女にばれないようにだ。泊まらせてもらった際、彼女が寝ている中でこっそり覗いたのだ。

それで新たにわかったことがあった。

咲良は中州の風俗で働いていたのだ。しかも、客の中に淳平がいた。こんなことがあるのか、と圭吾は目を剥いた。淳平は彼女にとってかなりの太客らしい。また、色恋営業にまんまと嵌まり、彼女に大金を貢いでいるとのことだった。圭吾は胸が引き裂かれそうな感覚に襲われた。自分の彼女が他の男性に抱かれ、なにより自分の親友と身体を重ね合わせていたからだ。いくら仕事といえども、どうにかなってしまいそうになった。

加えて、咲良が圭吾と付き合った理由も判明した。彼女は彼の人間性を好きになったのではなく、彼のスペックを好きになっただけなのだ。医者の息子でいずれは実家を継ぐ優良株。おまけにイケメンで運動神経も抜群。彼女はそれらのステータスを手に入れて自分をよく見せたかっただけなのだ。つまり、圭吾は咲良にとってのアクセサリーだったのだ。

彼女の真実を知り、驚き、恐怖、失望、様々な感情が圭吾の中で広がった。次第に怒りが沸き起こってきた。友人の弟を死に追いやり、自分のことも本気で好きではなかったことを知ったからだ。

咲良のような人間をこのまま放置して、この先、弘明のような被害者を生むわけにはいかない。圭吾はそう思って、彼女に復讐することを決めた。

そのためには、どうすればいいか。彼は考えを巡らせた。とにかく、言い逃れができない証拠を手に入れなければいけない。日記だけでは不十分と思ったのだ。

それで圭吾は次のようなことを思いついた。

偶然を装って淳平と咲良の顔を合わせて二人を動揺させる。その後、二人だけで話す機会を作る。そうすれば、お互い腹を割って話し、彼女の素が出ると推測したのだ。

そこで彼は、あらかじめ淳平が泊まるホテルを聞き出して予約した。店を出る際、淳平の服のポケットに録音式の盗聴器を仕掛けた。二人と別れた後、尾行してホテルの部屋の前で会話を聞いていたのだ。

以上が概略だった。

それを話した後、「でも」と圭吾が続けた。「まさか、ここまでうまくいくとは思わなかったよ」

淳平と咲良は呆然として彼を見つめていた。圭吾の計画に舌を巻いたようだった。

「咲良、君が弘明を殺したんだ。それに、君の本性もよくわかったよ」圭吾は盗聴器をゆらゆらと振って、彼女に見せつけた。「嘘だと思いたかったけど、ここに証拠だってある」

彼女の顔には動揺の色が滲んでいて、瞳は不安定に動いていた。「……ちっ、違う。私はただ、社会において生きる価値がないと言っただけ」

はぁ、と圭吾は息を吐いた。「解っていないみたいだね。その思考と言動が間違っているんだ」

「どうして。私のどこが間違っているのよ」彼女は口調を少し荒げた。

「君は、能力によって人に優劣を付けて、命の選別をするべきと考えているね？」

「そうよ」

「それは、とても差別的で危険な考えだよ。たしかに、資本主義が支配している今の社会では、いかに生産性を上げられるか、いかに多くのお金を生み出せるか、いかに社会の役に立つことができるか、というものが人間の存在価値を測る指標として幅を利かせている」

すると咲良は、ほらそうでしょ、とでもいうような顔になった。

「でも、それらは人間の存在価値を測る唯一の物差しじゃないと僕は思う。なぜなら、優秀で生産性が高い、という指標だけで人間の価値を定めるならば、働かなくなった老人は存在する意義がないことになるから。けど、現実を見てみれば、たとえ社会退出した老人になったとしても、存在意義が失われていることなんてないよね。君の祖父母だってそうだろ。家族という別の物差しから考えた場合、かけがえのない存在と言えるはずだ。当然、他のことにだって言える。会社、地域社会、学校、さまざまなコミュニティに所属することで、いろいろな価値を持つ人間が生まれるんだ。だから、一つの指標のみで、人間の存在価値を測ることなんてできないんだよ」

圭吾の言葉に咲良は首を傾げた。得心を得ていないらしい。

「ピンときていないようだね」圭吾は口元を歪めた。「まぁ、仮に百歩譲って、君の考えが正しかったとしても、弘明に言ったことは絶対に許されない。君が口にした『早く死んだ方がいい』という言葉だよ。言葉はね、使い方によって凶器になることがあるんだ。そのせいで、今の社会では人が亡くなったりもしている。実際、弘明がそうであるように。もう二度と彼はこの世に戻らない」俯き、声を震わせていった。

それから少しして、圭吾は顔を上げた。そして彼女に鋭い視線を向けた。「何にせよ、咲良が弘明の命を奪ったんだ。僕たち今日で別れよう。君みたいな人はごめんだ」

「ちょっ、ちょっと待ってよ」彼女は圭吾にすがりついた。「お願い、お願い、お願い。別れないで。今まで話したことは全部嘘なの。私は圭吾くんのことが本気で好きなのよ」

圭吾はすぐに彼女を突き放し、かぶりをふった。「咲良、無理だよ。君とは根本的に価値観が合わない。それに、己のために他人を利用して、人を死なせるような人とは付き合えない。恋人としても、友人としても、もちろん人間としてもね」

圭吾の言葉に彼女は足から崩れ落ちた。目には涙が滲んでいた。

淳平はその様子をただ呆然と眺めることしかできなかった。

すると、圭吾は淳平に目をやり、近づいた。

「いろいろと言われて暴力も振るわれたようだけど、大丈夫?」顔をのぞき込むように訊いてきた。

「ああ……」淳平は呟いた。「けど、驚いたよ。圭吾は全部知っていたんだな」

うん、と圭吾はうなずいた。「すまない。勝手にこんなことをしてしまって」眉尻を下げ、申し訳なさそうにいった。「ただ、君と弘明のためでもあったんだ。どうか気を悪くしないでほしい」

「いや、別に責めていないよ。むしろ、良かったよ。これでようやく目が覚めたんだから。圭吾のおかげだよ」

「よかった」圭吾は淳平の肩に手を置いた。「たった今、僕たちの初恋は終わったんだ」

「ああ、確かにそうだな。やっぱり、俺たち男子校出身なだけに、まだ女性を見る目がないようだな」

「そうみたいだね」数回、首を縦に振った。「とにかく、ここから離れよう」

すぐに淳平は荷物をまとめ終えた。

圭吾は淳平の背中に手を回し、部屋の外に出るように促した。その時、彼は崩れるように床に腰を下ろしていた咲良に声をかけた。

彼女は顔を上げた。メイクは崩れて涙が頬を伝っていた。

「さっき、言葉は使い方次第で凶器になると言ったけど、咲良に対してはそれを無視する。君が日記帳に書いていたことも、この部屋で話していたことも、すべてデータとして僕は持っている。それらをどうするかはまだ決めていないけど、君がなるべく苦しむように利用するつもりだよ」

咲良の表情がハッと変わった。「ちょっと、どうするつもり。やめてよ」

「やめないさ。当然の報いだろ。因果応報というやつだよ。君みたいな品性や良識のない女性は人間としての存在意義がないから社会的に死んだ方がいい」圭吾は冷たい表情でいった。

彼の言葉に彼女は頬を強ばらせていた。

淳平は圭吾の姿を見て、途端に悪寒を感じた。まさか、優しい彼がそんなことを言うとは思いもしなかったのだ。

その後、淳平と圭吾は扉を開けて廊下に出た。

そして、扉が閉じる直前だった。部屋の中から彼女の罵声が響いた。

「ふざけんな！　クソ野郎！」


（完）

この作品はフィクションです。
実在の人物、団体、事件などとは一切関係がありません。

白馬 薫（はくば　かおる）

東京生まれ。九州大学大学院修了。
幼少期、自宅の書斎にある小説を読んだことをきっかけに読書が好きになる。その後、物語を創りたいと思い、小説の創作を始める。現在は会社員として働く傍らで、小説の執筆を行っている。

企画　モモンガプレス

初恋相手《はつこいあいて》は風俗嬢《ふうぞくじょう》

2023 年　12 月 13 日　初版第 1 刷

著　者／白馬《はくば》 薫《かおる》
発行人／松崎義行
発　行／みらいパブリッシング
〒 166-0003 東京都杉並区高円寺南 4-26-12 福丸ビル 6F
TEL 03-5913-8611　FAX 03-5913-8011
https://miraipub.jp　E-mail: info@miraipub.jp
ブックデザイン／池田麻理子
発　売／星雲社（共同出版社・流通責任出版社）
〒 112-0005 東京都文京区水道 1-3-30
TEL 03-3868-3275　FAX 03-3868-6588
印刷・製本／株式会社上野印刷所

ISBN978-4-434-33132-9 C0093